LETTRES

AU SUJET

Dun Livre intitulé *Reflexions sur la Poësie en général, sur l'Eglogue, sur la Fable, sur l'Elegie, sur la Satyre, sur l'Ode & sur les autres petits poë-mes.*

I0660026

A PARIS,

Chez Jacques Guerin, Quay des Augustins.

M. DCC. XXXIV.

Avec Approbation & Privilege du Roi.

PREMIERE LETTRE
A M***.

VOus me demandez, Monsieur, ce que c'est qu'un Livre nouveau, intitulé : *Réflexions, &c.* C'est un ouvrage singulier, qui ne ressemble à rien de tout ce que vous connoissez. L'Auteur très-désintéressé sur sa propre réputation, n'évite peut-être point assez le stile qu'il condamne : il se tenoit en garde ; mais imperceptiblement & à son insçu, la contagion l'aura gagné.

Le dessein de l'Auteur est de traiter de la Poësie en général, & des différens genres de Poësie ; vous vous imaginez peut-être qu'il se borne à en donner les préceptes & les regles ; *il va plus loin, il remonte jusqu'aux sources de notre plaisir.* Se flatte-t-il de les avoir découvertes ? Il s'égaïe en préfentant toûjours force images, & de tems à autre quelques idées, qui lui font particulieres.

Le feul mot de Poëfie le met d'abord en enthoufiafme. Au nom de la Poëfie, ne voyez-vous pas s'animer tout ce qui exifte dans la Nature ? L'Auteur, qui croit en devoir parler poëtiquement, envoye audevant de fon Lecteur les Faunes & les Dryades. Le murmure des ruiffeaux vient fe joindre à un autre forte de concert formé par les habitans des airs. D'un autre côté par refpect, & pour ne pas déplaire, fe retirent les bêtes meurtrieres, qui ne veulent pas troubler nos plaifirs. Tels font les priviléges de la Poëfie.

Ce n'étoit pas là notre premier langage ; nous primes d'abord la forme de nous exprimer la plus fimple, mais il nous falloit *un langage de fête*, la Poëfie nous en a fervi. Elle devient pour nous *un plaifir de convention*, que l'on ne goûte qu'à mefure que l'on fe fait à la lecture des vers. Naiffent en foule les images toûjours agréables par deux endroits. Elles fervent à fixer nos idées ; elles reveillent nos paffions La premiere de ces raifons de notre plaifir nous la fçavions : la feconde, qui n'eft pas connuë de tout le monde, eft peut-être un peu trop approfondie par comparaifon avec le refte de l'ouvrage. Ne vous en étonnez pas ; l'Auteur, qui rapporte tout au Sentiment, n'a voulu que fentir, & s'eft moins foucié de raifonner.

Mais à l'égard de cet avantage de réveiller les paffions, que l'on attribuë à la Poëfie & à fes images, l'Eloquence le partage avec elle, elle a fes peintures & fes mouvemens. Quel eft donc le grand plaifir que produit la Poëfie ? *Celui de voir la difficulté vaincuë.* Un Poëte fe gêne & fe contraint pour rendre fes idées, & malgré la contrainte il parvient à les rendre ; nous partageons avec lui cette petite victoire. Que dis-je ? petite victoire : c'eft une conquête importante, & c'étoit fageffe de la part du Poëte de rifquer à ce prix le facrifice de tout ce que l'imagination & le génie pouvoient lui fournir. Les grands Poëtes ne perdront rien à la gêne ; l'Auteur s'en rend la caution. Mal à propos M. de la Motte fe plaint-il de ce que pour lui donner des vers, on lui enleve le plus fouvent la juftefle,

da précision, l'agrément, les convenances. L'Auteur des Réflexions veut
des vers à quelque prix que ce foit, &
fur fa parole vous pouvez croire que
c'eft le propre du grand Poëte de ne fe
reffentir en rien de la gêne des vers.

Mais il y a vers & vers. Sa folie
c'eft l'Eglogue, & fon malheur c'eft de
n'en point trouver d'affez bonnes. Il
aime les prés, les bois, les fontaines ;
il confeffe fa foibleffe, fi vous en aviez
envie, *vous le féduiriez avec le murmure d'une fontaine.* Acourez bergers &
bergeres ; mais prenez bien garde au
ton que vous allez donner à vos cha-
lumeaux ; on ne veut point de vos airs
ruftiques, encore moins de ces airs ra-
finés, que l'on chante dans les villes.
Eloignez-vous également de l'un & de
l'autre ton, & vous aurez trouvé le vé-
ritable. Rien que du fentiment, voilà
tout ce qu'il nous faut. Si vous pou-
viez ne faire que refpirer, ce feroit encore mieux ; le fond de vos converfa-
tions il eft aifé de le regler. M. de Fontenelle vous a fait parler de vos amours
& de votre tranquillité ; ce ne font
point les détails de la vie champêtre
que nous aimons, entretenez-nous de

votre bonheur , & de la paix profonde où vous vivez. Quoique l'Auteur copie M. de Fontenelle , ne croyez pas qu'il en soit trop épris ; il a fait l'anatomie de ses Églogues : elles lui avoient d'abord paru tendres, mais il s'étoit trompé : *ce n'est que le ton , qui en est tendre*. Tout le monde en est la dupe l'Auteur en convient ; mais il nous avertit que nous nous méprenons, que nous ne sentons point , que nous croyons sentir. M. de Fontenelle va changer de nom ; ce n'est plus un grand Poëte ; ce n'est plus un esprit facile , tendre , naïf , délicat , sublime ; c'est un grand sorcier , qui a pris tous ces differens tons-là : l'Auteur lui accorde seulement d'avoir dit des choses fines , & lui reproche de les avoir dites trop fines pour l'Eglogue. Une chose m'embarrasse , c'est que la plûpart des femmes apprennent par cœur ces Eglogues; elles qui se connoissent en sentiment pour le moins aussi bien que nous, y sont trompées toutes les premieres ; & loin de vouloir être desabusées , elles prient Messieurs les Auteurs de les tromper toûjours de la même façon.

De l'Eglogue l'Auteur passe à la Fable : c'eft un genre de poëme où doit fur tout regner le naïf. Il faut choifir une verité agréable , qui faffe un fond gai ; que le recit ne foit ni trop court, ni trop long ; femez-le fi vous voulez de réflexions , mais de réflexions vives & qui naiffent du fond du fujet. Sur tout , *ayez grand foin du choix de vos perfonnages* ; car l'Auteur ne pardonne point à M. de la Motte d'avoir fait parler Dom Jugement , Dame Memoire & Demoifelle Imagination ; *on ne fçait de quelle couleur les habiller.* M. de la Motte a eu grand tort de ne pas habiller Demoifelle Imagination en couleur de rofe ; il auroit un procès de moins à effuyer : auffi l'Auteur aimet'il la Lime pour perfonnage dans une Fable , parce qu'il connoît la couleur d'une Lime. Pour ce qui eft de placer la moralité , l'Auteur vons en laiffe le maître ; le commencement , la fin de la Fable , toute place lui eft également bonne. Si vous placez la moralité à la fin , chaque circonftance du fait fert à l'annoncer ; fi vous la placez au commencement , au lieu de la deviner , on en fait l'application à mefure que l'on avance dans le fait , ce qui eft une autre sorte de plaisir. Par occasion l'Auteur parle des Contes où il voudroit de la finesse, mais ils en auroient plus de poison : à titre de Philosophe il nous conseille de nous en passer.

C'est bien à regret que l'Auteur nous parle *de ces vilains petits Poëmes que l'on appelle Elegies* ; une bonne raison pour laquelle il ne les goûte point, *c'est qu'il veut vivre, & qu'il ne veut point que les autres meurent*. La belle chanson que celle d'un homme, qui dit continuellement en vers qu'il va mourir ! Encore l'Elegie est-elle si courte que l'on n'a pas le tems de faire connoissance avec lui, & de devenir sensible à ses maux : du moins dans une Tragedie on s'interesse davantage au sort de celui qui gémit, parce qu'on le connoît, & que l'on a tout le cours de la Piece pour s'attendrir. L'Auteur trouve un grand défaut dans les Elegies, même les plus estimables, c'est que l'on y répand des images trop fortes & trop énergiques ; il voudroit plus de molesse dans le style, parce qu'il présume que la douleur affoiblit le plaignant.

L'Auteur glisse sur la Satire, il y veut du feu, du sel, même des agré-

mens étrangers ; *car peu s'en faut,*
dit l'Auteur, qu'à l'égard de ce genre d'ouvrage , *notre inconstance ne*
l'emporte sur notre malignité, & que
nous ne demandions des Satires qui ne
soient plus Satires.

Chemin faisant, il faut s'arrêter au
sublime avec l'Auteur, il en parle à
propos de l'Ode, & il n'en connoît
que de deux sortes, *celui des images*
& celui des tours. Ici, il copie Boi-
leau pendant plus de trois pages pour
le dédommager de ce qu'il avoit dit
de lui sur la Satire qu'il manquoit de
délicatesse. Le sublime des images con-
siste dans les différentes peintures qu'elles presentent ; celui-ci ne lui paroît
rien par comparaison avec *le sublime*
des tours ; un *qu'il mourut* de Cor-
neille lui paroît un tour sublime, voyez,
je vous prie , comme nous nous trom-
pons. Vous croyez que lorsque l'on
rapporte à Horace le pere la fuite de
son fils , que vous le voyez dans l'in-
dignation, & qu'interrogé sur le parti
qu'eût dû prendre le fils, le pere répond *qu'il mourut ;* vous croyez que
c'est le sentiment que vous admirez,
point du tout ; *c'est le tour.* Que reste-

il à dire de l'Ode à present ? le sublime en fait partie, on ne fait plus
qu'attaquer les Odes méthodiques, on
y veut *des écarts, & ces écarts* au gré
de l'Auteur, *valent bien tout ce que
la Raison peut produire avec tout son
orgueil* ; à vous dire mon avis, j'avois
toûjours crû l'Imagination aussi orgueil-
leuse que la Raison ; mais que voulez-
vous ? l'Auteur feint de se broüiller
avec la Raison. Des écarts sur-tout,
des écarts ; voilà ce qu'il demande à
un Poëte lyrique. *L'ordre de l'Ode
c'est le desordre.* Si M. de la Motte
revenoit, il auroit beau s'écrier, Je
voudrois dans une Ode de la raison
& du feu ; l'Auteur répondroit, Je
préfere mon feu à toute votre raison.
l'Auteur admet par complaisance des
Odes Anacréontiques, mais il y veut
encore du desordre, il n'y a, selon
lui, qu'une façon d'écrire dans chaque genre; point d'Eglogue si elle n'est
simple, point de Fable si elle n'est
naïve, point d'Ode si vous n'y met-
tez des écarts, & si la foule des digressions n'y surpasse le fond de la
chose.

D'un vol leger l'Auteur a couru sur

tous les genres, voyez-le se rabattre
sur les petits Poëmes à commencer
par le Sonnet, & celui-ci c'est son
favori ; il a, si vous l'en croyez, un
rapport parfait avec Mademoiselle
Camargo, comme elle il est asservi
à la contrainte, & son merite est d'ê-
tre libre comme elle. Vous craignez
pour l'Auteur, & pour la Danseuse,
& l'un & l'autre vous surprennent par
les graces ; par la même raison le
Rondeau, la Ballade & les Triolets
lui plaisent infiniment ; les Stances ont
le même avantage. Il est difficile de
réussir dans ces sortes d'ouvrages,
mais l'Auteur aimeroit mieux *avoir
fait l'un des moindres d'entre ces petits
Poëmes que deux ouvrages entiers de
raisonnement, que quatre Tragédies.* Il
n'oublie pas le Madrigal & l'Épigram-
me, & dans ces nouveaux Poëmes-ci
l'Auteur veut encore du naïf : il nous
surprend ce naif, & il n'est jamais l'effet de la colere, par là il porte des
coups plus certains. Les Cantates ne
sont point du goût de l'Auteur, il
passeroit les pieces Marotiques si elles
n'étoient pas en style Marotique.

Vous ne vous plaindrez pas, Mon-

fieur , d'être accablé par le grand nombre de principes ; l'Auteur vous a
inftruit , le voilà en droit de vous
dire fon avis fur les caufes de la corruption du goût.

Il en parle hiftoriquement dans une
premiere lettre. Chez les Romains comme parmi nous , la paix a été l'épo-
que de la naiffance & des progrès du
goût ; & parmi nous , comme chez les
Romains, la guerre a été le tombeau du
goût. Mais , comme dit l'Auteur , après
la décadence du goût, *l'ignorance eft
le grand remede*, apparemment elle emporte les mauvaifes impreffions de l'efprit , comme le grand remede emporte le mauvais fang. Ne nous chicanez
pas, je vous prie, fur la comparaifon,
car c'eft ce que j'ai vû de plus éner-
gique dans l'ouvrage.

Dans une feconde lettre l'Auteur
fe propofe de parler philofophique-
ment ; écoutez le Philofophe. Un
homme a gâté le goût chez les Romains , c'eft Seneque , & c'eft parce
qu'il avoit beaucoup d'efprit qu'il a
gâté le goût en fait d'éloquence ,
comme Ovide l'avoit gâté avant lui
en fait de Poëfie : les Seneques & les

Ovides de notre tems, c'eſt, dit-on, M. de Fontenelle & M. de la Motte. M. de Fontenelle, à ce que dit l'Auteur, *a beaucoup de délicateſſe dans l'imagination*; il ne dit pas dans l'eſprit. Vous me dites quelquefois que M. de Fontenelle eſt ſans contredit un des plus grands genies, & un des plus beaux eſprits que les ſiécles ayent produit; l'Auteur ne lui en accorde pas tant, il dit ſeulement que M. de Fontenelle *eſt capable de s'élever aux premiers principes, de mener à la verité par le chemin le plus court, & de ſemer ce chemin de fleurs. M. de Fontenelle a de l'imagination, & s'en rend le maître*, ce qui eſt un défaut ſelon l'Auteur, car *ce qui conſtituë le grand genie c'eſt de ſe laiſſer emporter par ſon imagination*, dès-là point de chaleur chez M. de Fontenelle; & en ſuppoſant avec l'Auteur que le ſentiment dans un ouvrage doive paſſer avant les vûës, on pourroit conclure que tout ouvrage qui ne s'étayera pas du ſentiment, petilla-t-il de lumieres philoſophiques, ne doit pas tenir un grand rang parmi les ouvrages d'eſprit. Mais *ce qui manque à M. de Fontenelle du*

côté du desordre des idées, il le gagne
du côté de la précision, il surprend con-
tinuellement, & par ses idées & par le
tour heureux qu'il donne à ses idées :
il en a de neuves & de communes qu'il
fait passer pour neuves, qu'il habille
en paradoxes. L'Auteur a jugé des
paradoxes de M. de Fontenelle par
comparaison avec les siens. Ceux qu'il
a donnés au public ont été trouvez
plus ingenieux que solides, & en lisant
ceux de M. de Fontenelle, on croit
ne faire qu'ouvrir les yeux sur un pays
connu ; & vous entendez quel défaut
c'est en fait d'ouvrage d'esprit, de
s'accorder avec le lecteur. Ce n'est
pas là tout le mérite de M. de Fontenelle ; chez lui l'art est si caché que
quand vous attendez de lui des orne-
mens, il vous donne des choses simples
qui vous surprennent plus que les or-
nemens n'eussent fait, & qu'en revan-
che vous retrouvez avec la parure des
matieres qui sembloient ne la pas com-
porter. En effet quelle est l'idée de
M. de Fontenelle de badiner avec
la mort, de montrer de l'imagination,
& même de la plus enjoüée dans une
Oraison funébre ? Il a beau produire

par son enjoüement l'effet qu'il lui demande, on seroit bien plus content de voir M. de Fontenelle gémir sur le sort d'un ami, cela feroit preuve du bon cœur. Encore en matiere de Géometrie les fleurs révoltent : M. de Fontenelle réduit les Sçavans au niveau des autres hommes, qui, attirez par les idées sensibles se trouvent avoir receüilli les principes comme les Géometres mêmes. Tout le corps des Géometres devroit s'élever contre un pareil attentat. M. de Fontenelle a encore grand tort *de tailler une idée comme on taille un diamant*; on l'aimeroit mieux brutte, & moins brillante, on le quitte de ses agrémens, c'est un plaisir qu'il procure, à la verité, mais c'est une illusion qu'il cause.

L'Auteur n'est pas plus favorable à M. de la Motte, *il ne manque pas d'esprit*, mais l'Auteur trouve *qu'il manque de goût*; & il est à propos de faire une bonne fois le procès à ce Public qui a mis les Odes de M. de la Motte à côté de celles de Rousseau, qui a comparé ses Fables à celles de la Fontaine, ses Tragédies à celles des Corneilles & des Racines, & ses
Opera

Opera à ceux de Quinault , & qui
a encore affigné à fes difcours d'éloquence & à toute fa profe, une claffe
à part , pour ne le comparer en ce
point qu'à lui-même. Ce Public a le
goût gâté , corrompu. Prenez-vous-
en à M. de Fontenelle , que l'Auteur
compare à un cuifinier. Et fur quoi
fondée la comparaifon? Sur ce que
M. de Fontenelle a introduit dans le
pays des Lettres le goût de la préci-
fion ; fur ce qu'il a femé les analifes
en tout genre d'ouvrages ; & fur ce
qu'il a reduit l'Imagination à n'aller
jamais que de pair avec la Raifon. M.
de la Motte a auffi tourné du côté
de cette Logique incommode , *il a été
habile à tirer les conféquences , & c'é-
toit fur le choix des principes qu'il falloit l'être :* Eclairé par l'Auteur , il
eût mieux fait , & n'eût cependant
pas fi-bien réüffi , parce que le public
avoit le goût gâté.

La Conclufion de cet Ouvrage ,
c'eft que nous devons confulter le
fentiment , & ne pas nous en rapporter à notre Raifon , qui n'eft par elle-
même que fecherefse ; *c'eft dans notre
cœur qu'eft la fource du goût* , & mal

B

à propos a-t-on regardé jufqu'ici le difcernement comme une qualité de l'efprit.

L'Auteur dans une troifiéme & derniere Lettre obferve heureufement, qu'une des caufes de la corruption du goût, c'eft l'efprit de manége, aujourd'hui trop à la mode parmi les gens de Lettres. Ce malheureux talent énerve les qualités de l'ame. Cette foupleffe qui fait de bons courtifans ne nous éleve point affés l'imagination, & nous rend au contraire incapables de ces grandes & fublimes idées, qui n'appartiennent qu'à une imagination indépendante. Je fuis, &c.

Je me propofe de vous entretenir par une feconde Lettre des détails de l'Ouvrage, & de rendre juftice aux beautés qui y font répanduës fans en diffimuler les défauts.

SECONDE LETTRE

Au même.

VOUS me marquez, Monſieur,
n'avoir point encore lû le Livre
de M. R. D. S. M. c'eſt pure malice
de votre part. Vous voulez m'engager
à vous donner ſur cet ouvrage un ſentiment plus détaillé que je n'ai fait.
Je vous l'ai promis, je vais vous tenir parole, ſans cependant me flater
de vous ſatisfaire.

L'Auteur dans un avertiſſement
très-modeſte, prévient d'abord le lecteur, & ſur le motif qui le fait agir,
& ſur l'exécution qu'il promet. Son
motif, c'eſt le zéle *d'un bon citoyen
qui voit périr en détail la gloire & l'or-
nement de ſa nation, qui voit le goût
ſe corrompre à ſes yeux.* Après cela
*peut-il ſe plaindre avec froideur, &
pourvû qu'il n'offenſe perſonne, ne lui
eſt-il pas permis d'échaufer les cœurs,
& de les animer à la défenſe d'un bien
contre lequel tout conſpire, & qui mal-
heureuſement n'a déjà par lui-même que*

B ij

trop de difpofition à s'évanoüir? Le goût ne s'évanoüira donc plus , & vous voyez à qui vous en avez l'obligation. Quant à l'exécution, l'Auteur vous la promet belle , il a choifi fes idées , il a abandonné celles qui n'étoient pas fufceptibles de la douceur & de l'agrément qu'il auroit voulu leur donner ; il a feulement recüeilli *les idées fines ou générales* , il a auffi *tâté tous les tons* , & il s'en eft tenu *au familier* ; mais au familier très familier , & quelque fois très oratoire. Venons au fond de l'ouvrage.

Je m'arrête d'abord à ce titre , *Sur la Poëfie en général, fes ufages, fes bornes, fon établiffement.* Ce titre promet beaucoup , & a le défaut de tous les titres qui promettent. Quand un Auteur n'a pas rempli fon objet , il devroit du moins changer fon titre après coup. Il n'eft pas donné à tout le monde d'être des Abbadies & des Mallebranches , qui avec un jugement auffi fort que leur imagination, fe font un grand plan & le fuivent pas à pas. On trouve des têtes plus foibles qui font emportées par la force de l'imagination, qui perdent terre , & qui

vont, non pas précisément où elles
voudroient aller, mais où il plaît à
leur imagination de les conduire.

Après une description poëtique de
la Poësie, où l'Auteur s'abandonne
à sa verve, il reconnoit un grand
avantage dans la Poësie, celui des
images. Les images fixent nos idées,
attachent agréablement notre imagination, & reveillent nos passions. Ecoû-
tez l'Auteur parler lui-même : *Les
images soûlagent infiniment l'imagination, parce qu'elles mettent & réunis-
sent sous vos yeux ce que nous ne pour-
rions joindre qu'avec effort, & ce qu'il
nous faudroit rassembler dans des idées
générales, qui sont toûjours fatigantes.
Elles ont encore l'agrément de nous in-
téresser par l'ame & la vie qu'elles donnent sans relâche aux objets qu'elles ap-
prochent de nous. Mais ne vous y trom-
pez pas, ce n'est pas cela qui fait le
charme le plus touchant des images :
leur grand prix vient de ce que lorsqu'elles sont bien choisies, elles vont reveiller
les passions qui ont de l'affinité avec elles.
Car encore une fois, les images ne ser-
vent pas seulement à peindre & à nous
rendre attentifs par la chaleur qu'elles*

portent avec elles ; elles ont encore des rapports fecrets , une analogie fourde , des convenances délicates avec les principales affections du cœur ; & c'eft en vertu de ces convenances qu'on eft quelquefois fi vivement touché. L'Auteur eft dans le vrai pour cette fois ci, & dans un vrai fin & recherché. Il étoit très-capable de penfer toûjours avec la même fineffe & avec la même jufteffe ; mais il n'a pas toûjours confulté fes fentimens auffi attentivement qu'ici, ou s'il a écoûté fon cœur, il ne l'a quelquefois écoûté que pour être injufte , car je ne fçaurois l'accufer de manquer de lumieres.

Suivés l'Auteur : *Il n'eft , dit - il, point d'efpece de Poëfie qui ne foit deftinée à allumer, nourrir & entretenir les paffions, & qui, quoiqu'on en dife , ne travaille pour elles de toutes fes forces.* Mais pourquoi ajoûter , comme il fait que *cet objet de la Poëfie n'honore pas trop des Etres qu'on traite de raifonnables , & que pour qui nous connoît nous ne le fommes pas tant ?* Il eft faux que les paffions nous deshonorent. Que fçait-on ? la Nature n'avoit peut-être pas de meilleur prefent

à nous faire que celui-là. Quoiqu'il
en foit, ce n'eſt pas manquer de raiſon que d'avoir des paſſions ; mais feulement c'eſt ne pas écoûter ſa raiſon
que de fuivre ſes paſſions.

C'eſt donc à nos paſſions que les
Poëtes en veulent. On nous inveſtit
de tous côtés, on nous attaque par le
cœur & par l'imagination ; on a voulu
en même-tems enchanter nos oreilles ,
& nous attirer par le charme d'une
certaine harmonie.

Vous ſçaurez que toutes ces atta-
ques que votre ame reçoit, ou tous
ces plaiſirs qu'elle reſſent à l'occaſion
de la Poëſie , font autant d'harmonies
differentes.

Il y a d'abord l'harmonie méca-
nique de la Poëſie, qui pourroit bien
être l'ouvrage de nôtre fantaiſie puiſ-
que cette harmonie eſt differente chez
les differens peuples. Suivant l'Auteur
cette harmonie nous recrée parce que
nous y ſommes accoûtumés ; mais ne
lui en déplaiſe , peut-être ne nous y
faiſons-nous que parce qu'elle nous a
plû d'abord. Je n'irois pas tout-à-fait
ſi loin que l'Auteur , & je ne le con-
tredirois pas abſolument. L'habitude

contribuë à notre plaifir; feule elle ne le produiroit pas. Je puis bien m'accoûtumer à la douleur, mais je ne parviendrai pas à me faire de la douleur un plaifir. Je puis bien m'accoûtumer à tel objet defagréable, je viendrai au point de n'en être plus choqué, mais jamais fa vûë ne me flattera; & fur ce point je ne veux prendre confeil que de mes fens & de mon expérience. L'habitude n'eft pas dans l'harmonie de la Poëfie la feule caufe de notre plaifir. Certains fons ont d'abord agréablement frappé notre oreille. L'affemblage de ces fons, foit de même, foit de differente efpece, nous a encore procuré du plaifir. L'Art a travaillé d'après la Nature; il a imaginé des loix qui ont produit l'ordre le plus regulier, & au défaut de l'ordre le plus regulier, du moins un ordre convenu. C'eft ainfi que l'harmonie a produit fon effet, & le plaifir qu'elle nous caufe nous le devons, partie à l'habitude, partie à la Nature.

Cette harmonie qui frappe nos oreilles n'eft pas la feule, vous en allez voir éclorre d'autres. Nous avons des fentimens à peindre & des idées à

rendre

rendre dans les fentimens, il faut de la vivacité, de la promptitude, *que les mouvemens paroiſſent, pour ainſi dire, ſe couper la parole.* Vous ne trouvés de l'harmonie que dans la chûte de la phraſe ; c'eſt votre faute, car quand vous aurez approfondi les choſes comme M. R. D. S. M. vous direz ſans métaphore, qu'il y a de l'harmonie dans un ſentiment rendu vivement.

Il y a de même une harmonie à rendre les idées : Eſt-ce une lettre que vous écrivez en badinant, qu'elle ſoit legere ? Y traitez-vous des matieres graves, pour lors *enflez votre ton ;* & voilà autant de ſortes d'harmonie. Vous me direz, avions-nous donc beſoin de tant d'harmonie ; vraïement vous n'y penſez pas. Tout eſt harmonie dans la Nature, c'eſt ce que l'Auteur a voulu dire ; mais toute la Nature n'eſt pourtant pas Poëſie. Qu'importe ? Souffrez qu'on vous promene ; ſi on vous égare, avoüez que c'eſt en beau pays ; & ſi l'on ne ſe détournoit pas quelquefois on vous feroit peut-être paſſer par des deſerts, au lieu qu'ici on vous donne des fruits tout nouveaux. Votre oreille eſt

C

agréablement recréée par une harmonie réelle , tandis que votre imagination eſt exercée , & que votre cœur
eſt touché par une autre ſorte d'harmonie : vous êtes au fait. Vous ſçaurez à preſent diſtinguer les differentes
ſortes d'harmonie. Reſumons-nous.
Telle tirade de Vers vous plaît ; la
raiſon de votre plaiſir eſt qu'il y a harmonie , premierement dans les paroles,
ſecondement dans les ſentimens , troi-
ſiémement dans les idées.

Mais pour revenir à l'harmonie ,
proprement dite , qui conſiſte dans la
cadence , dans les rimes & dans les
hémiſtiches , nous y trouvons du plaiſir , dit l'Auteur, parce que nous ſommes convenus d'en avoir ; *la conven-*
tion une fois faite , nous en avons. L'Opi-
nion fait auſſi-tôt l'office de la Nature.
L'Auteur convient que ce plaiſir nous
coûte cher ; *clarté , beau feu , naïveté,*
tout eſt ſacrifié à ce plaiſir , & l'on fait
tous les jours cent inſultes à notre rai-
ſon par les ſots égards que l'on a pour
notre oreille. Il y a pourtant , dit l'Auteur , *une juſtice à rendre à la Poëſie :*
Si la rime & la verſification nous font
perdre du plaiſir d'un côté, par une eſpe-

ce de compensation, elles nous le rendent de l'autre. Une idée qui est belle
au milieu des chaînes qu'on lui a mises
nous en paroît encore plus belle : Nous
l'en aimons mieux de ce que la contrainte
où on l'a réduite ne lui a rien fait perdre de ses graces. Il arrive aussi quelquefois à une pensée commune de rece-
voir de la rime un éclat qui ne lui étoit
pas naturel. La gêne de la mesure, la
tyrannie de la rime nous donnent de
l'indulgence sur la maniere dont elle est
renduë. Un certain mouvement d'admiration que nous arrache ce qui est pas-
sablement exécuté, & ce qui nous pa-
roissoit difficile à l'être ; tout cela va se
joindre à l'idée, la rend respectable,
lui donne un air de distinction qu'elle
n'eût pas eu dans la Prose, où aban-
donnée à toute sa simplicité, elle n'auroit rien en qui eût fait illusion en sa
faveur. L'Auteur s'est expliqué à merveille, il a raison de tenir compte aux
Poëtes des efforts qu'ils font pour
triompher des obstacles ; mais à mon
sens le plaisir de voir la difficulté vaincuë, ne sçauroit se compenser avec
la clarté, le feu, la naïveté, &c. Eh
pourquoi ne pas secouer le joug du

préjugé , & ne pas reduire toute la
Poëfie aux images & aux figures ?
Mettroit-on en balance des Vers me-
diocres avec la Profe Poëtique de M.
de Fenelon , ou même avec celle de
l'Auteur , toute brillante , toute colo-
rée , toute bigarrée ? C'eſt dans les
nuances bien plus que dans les fons
que gît l'eſprit de la Poëfie. L'Auteur reconnoît bien de la conformité
entre la Poëfie & l'Eloquence , l'un &
l'autre de ces deux Arts eſt fufceptible
d'images & de figures. Que reſte-t-il
encore à ce qu'on appelle commune-
ment la Poëfie ? Veut-on donc nous
perfuader que nous prenions plus de
plaifir à lire un ouvrage dont tout le
merite eſt celui de la difficulté vaincuë , que de trouver dans un autre la
netteté , l'agrément , la folidité , la pré-
cifion , qui ne nous feroient point en-
viés par les obſtacles.

Que l'on approfondiſſe notre goût ,
on ne dira pas que nous ayons toûjours en vûë le plaifir de voir furmon-
ter les obſtacles. S'il falloit mefurer
le merite d'un ouvrage au plus de difficulté vaincuë , il faudroit chercher
une forme d'ouvrage encore plus dif-

ficile que celle qui est en usage aujour-
d'hui , reprendre l'usage des acrosti-
ches, s'interdire les sons & les lettres
que nous trouvons à chaque pas , &
nous verrions croître notre plaisir. Ap-
prétions les choses ce qu'elles valent,
on s'exprimoit d'abord en Prose pour
tous sujets ; on s'est ensuite astraint à
des mesures , & enfin à des rimes.
L'exécution a pû étonner d'abord ,
mais elle n'a pas produit un plaisir es-
sentiel, un plaisir capable d'éffacer tout
le plaisir que nous prenons à lire de
bonne Prose. La Poësie a un agrément
& des graces qui lui sont communes
avec certains ouvrages de Prose. On
est affecté en lisant le Telemaque de
M. de Fenelon , en lisant l'Astrée de
M. Durfé, en lisant même la Recher-
che de la Verité du Pere Mallebran-
che, à peu près comme on le seroit
en lisant les meilleurs Vers. Et pourquoi ? car on n'y trouve pas la contrainte de la versification ; c'est qu'on
y trouve la force & la grace du pin-
ceau, la vivacité des images , la har-
diesse des figures, qui, comme par
autant de ressorts, agitent nôtre cœur,
notre imagination & nos sens.

Nous sommes infiniment jaloux d'avoir des idées nettes. Que fait une imagination Poëtique ? je dis chez un Orateur comme chez un Poëte. Elle emprunte de la Nature tout ce qui peut donner quelque prise à nos sens. Par le moyen des images, elle donne du corps à ses pensées. De là naît l'ordre de nos idées, & dans leur multiplicité, elles conservent leur simplicité parce que ce n'est pas tant le nombre des objets qui nous embarasse, que leur confusion. Si nous sommes capables de ne les envisager que les uns après les autres, lorsque nous les trouvons pêle mêle & sans ordre, nous serons bien-tôt capables de les revoir tous ensemble, & de les embrasser d'une même vûë sans nous fatiguer. Telle est la constitution de notre Etre, nous nous prenons au materiel & au sensible pour arriver à l'intellectuel.

Qu'est-ce qui se passe dans l'imagination des Poëtes; dans celle des Orateurs ? Le voici : frapés de l'éclat des objets qui font apparemment dans leur ame des traces plus profondes, ils nous les rendent, pour ainsi dire, par réverberation.

Et il nous arrive à nous de nous paffionner à la vûë des images, de chercher les plus agréables points de vûë. Il a donc raifon, ce génie Poëtique, de nous conduire dans des jardins délicieux, de nous faire accüeillir par Flore ou par Vertumne. Outre les differences de fexe toûjours très-parlantes, nous retrouvons encore les objets les plus flateurs pour nos Sens. Nous aimons à réver au bord des fontaines. Nous entrons dans la confidence des oifeaux qui femblent nous entretenir de leurs amours; nous refpirons un air pur, chacun de nos fens vient demander fon aliment.

Ou fi au lieu de nous toucher par le gracieux, on veut nous affecter par le terrible, c'eft toûjours reveiller quelqu'une de nos paffions. Le génie Poëtique peut en ce cas par une autre forte de peinture nous remuer très-fortement; il peut changer notre horifon, ne nous offrir que des bêtes feroces, que des deferts, nous porter fur la cime des montagnes, & de là nous donner en perfpective la profondeur des abîmes.

Voulez-vous fçavoir fi la peinture

eft capable de plaire, voyez feulement fi elle eft capable d'affecter,
& comme pour l'interêt de la condui-
te dans un ouvrage il faut que cette
peinture foit placée à propos ; voyez
fi elle vous conduit au fentiment que
l'on veut vous infpirer.

Ce que je dis s'applique également
au Poëte & à l'Orateur. Il n'eft donc
pas néceffaire de faire fonner fi haut
le merite de la Poëfie. Qu'eft-ce que
c'eft que la méchanique de la Poëfie?
un affemblage uniquement formé pour
l'oreille ; mais l'oreille connoît plus
d'une forte de cadence, & peut-être
tout le merite de l'harmonie en fait
de Poëfie ne confifte-t-il que dans
l'allure applanie des expreffions. Veut-
on de l'uniformité dans les fons ? la
Poëfie femble en apporter d'avantage, & n'en fçauroit donner une réelle. Veut-on de la varieté ? on n'en
répandra qu'autant que l'on fera maître de fon terrein.

Voilà ce qui regarde la Poëfie en
général, venons aux différens genres
de Poëfie à commencer par l'Eglogue. Je vous prefente d'abord de la
part de l'Auteur des bergers auffi éloi-

gnés du rafinement que l'on prend dans les villes que de la groffiereté ordinaire aux gens de la campagne. Je ne prétends pas qu'il leur échape le moindre mot qui reffemble à ce qu'on appelle de la délicateffe, fans quoi je les aurois bien-tôt relegués parmi les galants de Cour & les amoureux de Ruelle; car je veux du plaifir, & pour en avoir dans une Eglogue, je demande aux Bergers de l'innocence, de la pareffe & de l'amour. Je leur défens de refléchir. Vous voyez comme je profite de mes lectures.

Mais vous n'y penfez pas, me direz-vous, il eft tel trait délicat qui peut venir fur le champ, & n'être qu'un fentiment exprimé heureufement, comme auffi il peut être l'effet d'une longue méditation : par exemple ce trait-ci que M. de Fontenelle met dans la bouche d'une bergere, *Quand on a le cœur tendre, il ne faut point qu'on aime,* deux chofes peuvent infpirer cette vérité, la reflexion, ou l'experience. M. R. D. S. M. n'attribuë ce trait à la reflexion que parce qu'il perce à travers le dialogue, & qu'il va reconnoître M. de Fontenelle dans ce trait.

Eh bien, ſoit : convenons du fait, ne ſoyons pas auſſi difficiles que M. R. D. S. M. A prendre les choſes à la rigueur, la penſée de M. de Fontenelle eſt peut-être trop ingenieuſe pour une Bergere;mais ſi on a élevé les Bergers juſqu'à les faire parler en bonne Proſe, en Vers, en expreſſions polies, fines & recherchées, il ne faut pas leur reprocher un ſentiment qui peut fort bien être chez eux le fruit de l'experience.

L'Auteur fait un autre reproche à M. de Fontenelle, celui d'avoir peint une Bergere qui diſſimuloit ſon amour. Pour être conſéquent dans ſa critique, l'Auteur n'auroit pas dû donner pour modele une Eglogue où l'on fait dire à une bergere qu'elle a caché ſon amour pendant quatre années.

Nous ſouviendrons-nous bien à preſent de ce que dit l'Auteur? il veut de la ſincerité dans les Bergers, de la ſimplicité, que ce ſoit le cœur qui parle, & non pas l'eſprit. Mais il nous permettra de lui repreſenter qu'il nous embaraſſe beaucoup, car d'un côté il nous interdit les analiſes, & d'un autre côté il ne laiſſe pas d'en faire à ſa mode, de nous décompofer , de diftinguer le cœur & l'efprit , d'exclure des Eglogues tout ce qui fent la réflexion.

Quoiqu'il en dife , il eft difficile de fe défaire tout-à-fait de fon efprit ; car fi c'eft au cœur qu'appartiennent les mouvemens , c'eft à l'efprit qu'il appartient de les exprimer. Pourvû que le ton effentiel regne dans un ouvrage , il faut paffer à un auteur les chofes fines & penfées , ne fuffent-elles pas de la plus exacte convenance , à moins qu'on ne fe fente incapable de les produire & de les goûter ; car pour fon interêt particulier il ne feroit pas mal pour lors de combattre le goût général.

M. R. D. S. M. préfere les Eglogues de récit aux Eglogues de Dialogue , parce que les premieres ont un deffein & une efpece de nœud. On ne doit pas difputer des goûts , mais on peut dire que les Eglogues de Dialogue , fi elles font moins animées , parce qu'elles femblent parler plus à l'efprit qu'au cœur, ont du moins un autre forte d'interêt qui naît de la gradation des réponfes ; & ces réponfes font dans le Dialogue , pour

ainfi dire, autant de révolutions. Il me
femble voir une palme que chacun des
contendans s'enleve tour à tour. Par
exemple deux Bergers également pré-
venus en faveur de leur maîtreffe, com-
battent à qui mieux exaltera le merite
de l'objet aimé ; de part & d'autre on
expofe les raifons de fon choix. Chacune des raifons paroît fans replique,
& chaque replique paroît décifive. Ce
combat, cette prompte viciffitude de
victoires & de défaites, caufe à l'efprit des furprifes continuelles, & ne
laiffe pas de prefenter au cœur une
forte de fituation.

Mais à propos de l'Eglogue il faut
parler de M. de Fontenelle ; l'Auteur
nous avertit que M. de Fontenelle *a
l'air d'être tendre, mais qu'il ne l'eft pas*;
l'effet de la tendreffe eft de nous remuer ; il nous remuë, & cependant il
n'eft pas tendre, il nous touche &
n'eft pas touchant. Vous diriez d'un
homme qui veut féduire une jolie femme, qui ajufte fa voix & fes yeux,
à une tendreffe qu'il feint pour la mieux
furprendre. *L'efprit prend entre les
mains de M. de Fontenelle un faux air
de tendreffe dont on a quelquefois le*

bonheur d'être la dupe. Il faut que M.
de Fontenelle ait bien de l'adreſſe
pour en avoir impoſé à tant de monde & ſi long-tems ; car comme je vous
le diſois par ma premiere lettre , les
femmes à qui l'on peut s'en rapporter
ſur ce point , trouvent les Eglogues
de M. de Fontenelle auſſi touchan-
tes que jamais Eglogue puiſſe l'être ,
& ont pris leur parti , de s'en tenir à
celles-ci en attendant un mieux qui
n'a pas l'air de venir ſi-tôt.

Voici un morceau que l'on expoſe
à notre cenſure. M. de Fontenelle fait
dire à un Berger ,

   Ma Bergere revient , c'eſt demain que ces
      lieux
S'embelliſſent par ſa preſence.
J'irai, j'irai m'offrir le premier à ſes yeux.
   Ah Ciel ! ſi de quelque diſtance
Elle me reconnoît à mon impatience.
   Que mon ſort ſera glorieux !
Oüi ! je ſerai le ſeul dont la joie éclatante;
Par d'aſſez vifs tranſports marquera ce beau
      jour ;
J'aurai ſeul une ardeur digne de ſon retour :
Elle ne pourra plus paroître indifférente,
   Je lui prépare trop d'amour.

Ce morceau,au gré de l'Auteur,doit

surprendre ceux qui n'ont pas le fentiment délicat, je fuis apparemment du
nombre. J'ai le malheur de goûter cet
endroit là : je ne penfe pas comme l'Auteur, qu'il foit d'une néceffité abfo-
luë, & indifpenfable de reprefenter
l'amour avec un exterieur timide : notre amour ne doit pas être autrement
conftitué que nous-mêmes. Tel eft
plus timide, tel autre plus hardi. Nous
nous furprenons nous-mêmes dans une
inconftance continuelle ; dans certains
momens tout nous paroît favorable,
alors la confiance nous faifit : dans d'autres momens tout nous paroît contraire, & pour lors nous nous découra-
geons. Notre amour fe reffent de deux
chofes, de notre caractere & de notre fituation. Le quart d'heure d'a-
près M. de Fontenelle eût peint l'a-
mant timide, mais il le prenoit dans
un quart d'heure de confiance.

Et à quoi vient le reproche que l'Auteur nous fait d'être fufceptibles d'émo-
tion. Qu'il ne nous envie pas le plaifir
d'être livrez à des agitations agréables,
ou qu'il fe retracte de tout ce qu'il a dit
de fi ingenieux fur les paffions dans
fes Dialogues des Dieux.

L'amour n'eſt pas le ſeul ſujet des Eglogues, elles peuvent rouler ſur des matieres graves, mais il faut que les Bergers parlent toûjours en Bergers; ils doivent dire préciſément ce qu'ils ſentent, ſans tourner, ſans enveloper leurs penſées. Mais pour le trancher court, & pour vous donner des regles ſures, l'Auteur eſt forcé de vous donner du Fontenelle tout pur : faute d'équivalent.

La grande regle en fait d'Eglogue, c'eſt de faire parler les bergers de leur amour & de leur tranquillité. Nous ne voulons pas être entretenus des détails de la vie champêtre ; mais de la ſituation heureuſe des bergers, qui une fois débaraſſés des ſoins pénibles & livrés à leur pareſſe naturelle, ne s'occupent que de ce qui peut les flater le plus, de leur amour.

Cette regle dictée par M. de Fontenelle eſt fort du goût de notre Auteur : mais M. de Fontenelle demande aux bergers de l'eſprit fin & de l'eſprit galant; & ce point-ci l'Auteur ne ſçauroit le lui paſſer. Les bergers ſelon lui peuvent avoir de l'eſprit délicat & non pas de l'eſprit fin. N'eſt-ce pas là ſe

battre fur des diftinctions prefqu'im-
perceptibles, à moins que par fineffe
l'Auteur n'entende le rafinement. Il y
a plus : l'Auteur croit que l'on n'a l'efprit fin que dans les villes ; à la bonne
heure que l'on y ait l'efprit plus exer-
cé , plus étendu, que l'on y ait plus
de politeffe, en un mot plus de ces
qualités qui font le fruit de l'éducation;
mais du côté des qualités naturelles,
les habitans des villes ne font pas mieux
partagés que le refte des hommes. Le
foleil qui nous éclaire, luit auffi pour les
bergers. A l'égard de l'efprit galant,
l'Auteur a tort de croire que cet efprit
confifte toûjours à tromper les femmes;
il peut fervir aux deffeins des hommes:
mais l'efprit galant d'un berger eft, je
crois, celui de fe préfenter avec avantage à fa bergere, de lui parler avec
agrément, avec politeffe, & de lui faire des préfens avec un air de générofité,
qui ne foit point à charge. Si la galanterie des Grands & des Riches s'exerce
dans des préfens d'un grand prix, dans
des bijoux précieux, des fêtes fom-
ptueufes; la galanterie d'un berger confifte fouvent à choifir une belle fleur,
agréable pour fon odeur, bien taillée
dans

dans sa forme , & surtout propre à re-
lever les graces de sa maîtresse.

L'Auteur en sortant de l'Eglogue
veut encore s'aller reposer aux pieds
des hêtres. Qu'il est loüable d'aimer
la belle nature ! La raison de ce goût est
que la Nature est cent fois plus belle
que l'Art, qui veut l'imiter.

Le résultat de tout cecy, M. de Fontenelle tout seul nous le fournit. Que
les bergers nous entretiennent de leur
amour & de leur situation ; j'ajouterois
moi pourvû qu'ils ne soient ni grossiers
ni trop subtils. Un peu plus, un peu
moins de finesse ; un peu plus, un peu
moins de galanterie ; un peu plus, un
peu moins de naïveté ; un peu plus,
ou un peu moins de confiance : ce ne
sont point des défauts, ce seront des
nuances différentes assorties au caractere même des bergers. A-t-on jamais
reproché à M. Durfé d'avoir représen-
té son Sylvandre comme un berger in-
sensible , son Hylas comme un berger inconstant, tandis qu'il nous don-
noit son Celadon pour un berger tendre ? il avoit différens caracteres à peindre, & il les présentoit sous des couleurs différentes. Venons à la Fable.

D

L'avantage de l'Allégorie, & par conféquent de la Fable, qui n'eft autre chofe qu'un recit allégorique, c'eft, dit l'Auteur, de nous faire entendre une chofe dans le tems qu'elle nous en préfente une autre.

Il faut furtout que la vérité que vous voulez exprimer foit intereffante ; que la Fable foit amenée. L'Auteur aime les Prologues, ce font eux qui fervent à ôter à une Fable fa brufquerie ; mais malgré fon goût pour les Prologues, il ne permet pas *à tout le monde d'en faire parce qu'il ne fçait rien de plus difficile ; il y faut être vif & naïf, & & l'on n'a pas pour l'être la même facilité que dans la Fable où l'on eft foutenu par fon recit & par fes acteurs. Dans le Prologue on n'eft foutenu par rien, il faut pour affortir fon Prologue à la Fable que l'on dife des chofes petites & jolies :* & tout le monde n'eft pas capable de dire des chofes petites & jolies.

Le ton noble & foutenu n'y fera donc jamais admis ? l'Auteur ne s'abufe-t-il pas ? Le naïf & le fimple ont le droit de nous plaire ; mais ce qui eft moins fimple n'en eft quelquefois pas moins naïf.

Suivons les regles qui nous sont dictées. Avez-vous fait un beau choix, tenez-vous un sujet heureux ; que votre narration ne soit ni seche ni diffuse : que vos acteurs ne montrent pas trop d'esprit : que votre recit ne soit point embarassé de circonstances ; qu'il ne soit point trop coupé de réflexions : semez-y du dramatique ; exprimez-vous avec gayeté.

Jusques-là vous ne trouvez rien que de très-sage dans les préceptes de l'Auteur ; mais il va se rendre difficile. Il ne veut point dans une Fable de ces personnages moraux tels que la Memoire, le Jugement & l'Imagination, que M. de la Motte a fait parler. M. R. D. S. M. ne sçait *de quelle couleur est tout ce monde là*. Vous n'auriez pas cru qu'un philosophe se fût attaché principalement aux couleurs ; parce que ces être moraux que M. de la Motte employe n'ont point de couleur fixe & déterminée , l'auteur nous dit que tant que dure la Fable, *sa fatigue subsiste & son cerveau peine ; son Imagination ne sçait où s'accrocher.* Elle a tort : car si les êtres moraux n'ont point de couleur, ils ont de l'étenduë , du

volume ; en un mot ils figurent ; &
pour donner à notre Imagination de
quoi s'accrocher, il suffit de lui offrir
quelque chofe de palpable. Admirez
le goût de M. R. D. S. M. il aime mieux
entendre parler une Lime que des êtres
moraux : c'eft que depuis fon enfance
il a entendu parler de l'apologue de
la Lime ; il s'eft fait à fa converfation.

Tout préjugé à part, l'Imagination
n'a-t-elle pas droit de parler ? la Memoire n'a-t-elle pas droit de parler auffi ? L'Auteur devroit du moins fe fouvenir de tout ce que ces deux perfonnages lui ont dit dans la compofition
de fon ouvrage. Le Jugement lui a
auffi parlé quelquefois, & il feroit plus
accoûtumé au langage de ce dernier,
s'il s'étoit un peu plus méfié des deux
premiers perfonnages, qui pourroient
fort bien le regarder comme un ingrat.

Un principe général que l'Auteur
pofe (& celui-ci eft peut-être un peu
plus fage, dumoins a-t-il un air de pro-
babilité,) c'eft que les êtres deftitués
d'organization nous plaifent moins dans
une Fable que les êtres organifés ; par
cette raifon il vaut mieux entendre parler une plante qu'une lime, parce qu'u-

ne plante eft plus analogue à notre être ; & parce que notre plaifir croît à proportion de l'analogie que les chofes ont avec nous ; nous préférons encore les animaux aux plantes en fait de Fable. Et pourquoi ? C'eft qu'ils ont comme nous le talent de fentir , & en quelque façon celui de raifonner ; & qu'outre ces qualités générales , ils en ont encore de particulieres qui les diftinguent & qui les font contrafter entr'eux. Il y a feulement un attention à avoir. Comme les animaux different entr'eux, il faut faire dire à chacun d'eux les chofes propres au caractere que nous leur connoiffons , & qui ne conviennent précifément qu'à celui que nous faifons parler. Que le Corbeau parle en Corbeau, & le Renard en Renard. Ils ne peuvent pas joüer le même rôlle. *Ce font de vrais perfonnages de Comédie, ils corrigent & ils rejoüiffent tout à la fois , & ils font d'autant plus aimables qu'on leur fait parler ce langage fimple & familier , qui eft celui de la Comédie, & qui heureufement eft auffi celui de la Fable.* A ce propos l'Auteur éleve le ftyle familier au deffus du ftyle foûtenu. Les grandes & hautes idées n'ont befoin que du ftyle familier.

Dans le voifinage de la Fable, l'Auteur a rencontré les Contes : nouveau genre dont le but n'eft pas de réformer nos mœurs ; mais qui, abftraction faite de ce qu'il a de dangereux, eft un des morceaux des plus aimables & des plus difficiles de notre Poëfie. L'Art n'eft pas de rapporter tous les détails ; mais de glifler fur certaines circonftances, d'appuyer davantage fur d'autres, de fe renfermer dans le fait, de n'en fortir qu'à propos, d'y revenir avec vîteffe.

Il faut opter entre la Fable & le Conte : le fuffrage de l'Auteur eft pour la Fable, qui a fur le Conte l'avantage d'être plus variée, de porter plus de réflexion, & d'être continuellement foûtenuë par l'Allégorie.

Quant aux Elegies, l'Auteur eft prévenu contr'elles. Ne confondroit-il point ? Ce font peut-être les Elegies qu'il a vûës qu'il n'aime point, & il croit ne point aimer le genre. Il eft à merveille de vouloir que l'on montre dans ce genre de Poëme de la tendreffe & de la douceur. Le ftyle nerveux y eft déplacé ; mais ce ftyle pris mal à propos est la faute des Poëtes & non pas du genre. On peut retracer ici comme dans l'Eglogue ces objets tant cheris de l'Auteur, on peut y faire passer en revûë toutes les beautés de la Nature; & d'un autre côté on peut y peindre tout ce que la passion a de touchant & d'interessant.

M. R. D. S. M. ne veut point voir dans l'Elegie des amans desespérés. Exposez-lui toûjours le bon côté des passions; ce bon côté, selon lui, c'est le bonheur des amans. Eh pourquoi ne vouloir dans les Elegies que des amans heureux ? N'aimons-nous pas quelquefois à voir couler nos larmes ?

L'Auteur a beau dire qu'il n'a que faire qu'on lui fasse exprès un morceau de Poësie où un amant vienne lui annoncer qu'il est maltraité de sa maîtresse ; qu'il ne peut plus tenir contre ses rigueurs, & qu'il a pris le parti de mourir. En donnant pour raison de son dégoût, qu'il est charmé que tout le monde vive & qu'il n'a pas la moindre envie de mourir, M. R. D. S. M. n'obtiendra pas l'exclusion des Elegies de tristesse & de fureur. Ainsi nous a faits la Nature ; les malheurs des autres nous

intereffent encore plus que leur bonheur, nous prenons une forte de plaifir à nous attendrir fur des malheurs
qui nous font étrangers, & nous nous
païons par nos mains de notre fenfibi-
lité en nous en faifant un merite à nous
mêmes.

On auroit mauvaife grace à dire que
l'on n'aime pas les Tragédies à caufe
des cataftrophes qui s'y paffent. Re-
jette l'illufion qui voudra : il nous eft
permis de nous y prêter, & l'habileté du
Poëte tragique ou élegiaque qui veut
nous remuer, c'eft de fçavoir ménager
l'illufion, de fçavoir nous monter pour
ainfi dire au point de paffion où il nous
veut.

Paffons avec l'Auteur legerement
fur la Satyre. La fource de notre goût
pour ce genre de Poëme eft dans notre
malignité. Nous avons les uns pour
les autres de l'éloignement & quelquefois du mépris. Qui voudra nous obli-
ger n'a qu'à s'élever contre les vices des
autres, qui nous font nuifibles. C'eft
encore nous faire plaifir que de nous
découvrir dans les autres des défauts ;
c'eft en quelque façon nous entretenir
de notre fupériorité fur eux. Voilà donc
ce

ce qui a occasionné d'abord les Satyres
en profe , & enfuite les Satyres en
vers. Mais l'Auteur eft embarraffé au
fujet de la Satyre. Faut-il tonner comme Juvenal, ou badiner comme Horace? La folution la voici , & elle eft jufte. Badinez fur les ridicules : tonnez
contre les vices. Autre queftion : Faut-
il préférer le naturel de Regnier , ou
l'élégance de Defpreaux , en fait de
Satyre ? L'Auteur fe déclare pour le
naturel ; vous ne l'auriez pas cru fur
fon ftyle fûrement moins naturel que
paré. A la verité quelquefois il inter-
roge fon cœur ; mais fouvent auffi fon
efprit lui joue de mauvais tours.

L'Auteur vient à l'Ode : mais à
propos de l'Ode, il s'arrête au fublime. Il en admet de deux fortes ; fublime d'images , fublime de tours. La
caufe du fublime il eft d'avis de ne la
point trop chercher ; il en compteroit
peut-être une demi douzaine, ou plus
ou moins, & il a raifon de dire qu'il
n'y a peut-être pas fur ce point de
principe fixe. Cependant en général
tout ce qui excede notre pouvoir,
tout ce qui paffe nos forces réveille
notre admiration , & eft fublime pour

E

nous. Quelquefois auffi le fublime ne
gît que dans le tour. On nous repre-
fente un grand fentiment, & ce grand
fentiment fe trouve renfermé en peu
de paroles ; de là fort un tour fublime
ou un fublime de tour. Par exemple
lorfqu'on oppofe à Medée le nombre
de fes ennemis, & qu'on lui dit, contre
tant d'ennemis que vous refte-t-il ? *moi,
moi, dis-je, & c'eft affez,* répond-elle :
voilà un tour fublime ou un fublime
de tour. Revenons à l'Ode qui eft notre fujet principal.

L'Auteur cherche ce qui en conf-
tituë l'effence ; & tout pefé il eft d'a-
vis que c'eft le defordre. Le Poëte lyrique eft chargé de peindre tout ce
qu'il y a de plus grand & de plus ref-
pectable dans la nature, il ne lui eft
pas poffible de fe poffeder. Fi de la
Raifon & de fon orgueil. Le defordre
de l'Ode eft bien d'un autre prix, c'eft
l'avis de l'antiquité, & vous penfez
bien que les Anciens en fçavoient
plus que nous, par cette raifon même
qu'il font les anciens. On pourroit
prier l'Auteur de ne les pas mettre
fi fort dans fon parti. Pindare n'a
donné dans les écarts que faute de

matiere, que parce que son sujet ne
lui fournissoit point assez, & peut-être
n'a-t-il plû que par l'ordre réel qu'il
conserve encore malgré la nécessité où
il étoit de recourir à des digressions.
Horace étoit un autre bon Genie qui
ne manquoit pas toûjours par la methode. D'autres Poëtes sont venus
depuis, & ont imité le desordre ap-
parent de ces Poëtes lyriques sans attra-
per leurs graces. Tous les courtisans
qui panchoient la tête comme Ale-
xandre, n'étoient pas pour cela le
conquerant de l'Asie.

    L'Auteur a chez lui le germe des
verités ; car après avoir fait l'éloge du
desordre des Odes, il en vient à reconnoître une sorte d'ordre dans nos
mouvemens, très-différente de celui
de nos idées. Qu'il se réforme donc,
& qu'il admire doresnavant l'ordre des
Odes au lieu d'en admirer le desordre. A le bien prendre, il reste encore une sorte d'ordre dans le langage de nos passions les plus déreglées.
Nos idées s'arrangent différemment
suivant les différentes passions qui nous
agitent, mais il faut faire parler à chaque passion son langage. L'ordre en

ee cas ne fait que changer, il fubſiſte toûjours : cependant par un effet de l'Enthouſiaſme, l'Auteur a offert au deſordre un encens qui n'eſt dû qu'à l'ordre.

Auprès de l'Enthouſiaſme, qu'eſt-ce que la Methode, elle eſt maltraitée par l'Auteur ; il ſe plaint de *je ne ſçai quelle fureur de Logique qui s'eſt emparée de nous, a fait de nous des raiſonneurs. Nous en ſommes inſupportables :* il ne conçoit pas *comment nous avons pû ſacrifier ſi legerement au petit bonheur de penſer le plaiſir de ſentir, qui, outre qu'il eſt plus agréable, lui paroît encore plus naturel.* Ne vous fâchez pas, pourroit lui dire quelqu'un de mauvaiſe humeur, il n'eſt pas encore décidé à quoi vous réuſſiſſez le mieux, à penſer ou à ſentir.

M. R. D. S. M. trouve en ſon chemin deux Poëtes lyriques qui méritent bien l'un & l'autre d'attirer ſes regards; M. de la Motte & M. Rouſſeau. Ce dernier plus chaud du moins en général, l'autre plus réflechi. Il aime M. Rouſſeau, parce qu'il ne ſçait où ce Poëte veut aller. M. de la Motte le choque par ſa methode. Dix ou douze

Strophes, qui contenant chacune une
verité particuliere, se prêtent toutes la
main pour mettre dans un beau jour la
verité générale dont elles dépendent;
tout cela l'ennuie à la mort. Il aime
mieux ce que l'on appelle des écarts;
il en veut même dans les Odes Anacréontiques. Ecoutez l'Auteur parler
du Pere de ce genre de la Poësie lyrique, il est ici dans le bon ton.

C'étoit le plus voluptueux des hommes
que cet Anacreon, il lui falloit toûjours
du plaisir, il lui falloit toûjours aimer
ou boire; & quand il ne pouvoit plus
ni l'un ni l'autre, il falloit au moins
qu'il en parlât. Aussi ses Odes sont-elles
charmantes, & c'est par là sans doute
qu'elles le sont; nous ne parlons bien
que de ce que nous aimons. .... Ce n'est
point de l'esprit que viennent les choses
aimables, la Raison ni l'esprit ne les
ont jamais sçû faire. Et où ont pris,
s'il vous plaît, ce que nous ont dit de
gracieux Quinaut, la Fontaine, Ma-
dame Deshoulieres? croyez-vous que
ç'ait été dans leur esprit? non: mais
ces gens là avoient un cœur, & c'est
là où ils ont puisé cette moële délicieu-
se, qui les a rendus charmans, même

quand ils ne s'attendoient pas à l'être.

Vous voyez combien l'Auteur est séduisant; il en appelle toûjours à notre cœur ; mais ne lui fait-il point trop d'honneur ? Ce n'est point de leur cœur que Quinaut, que la Fontaine, que Madame Deshoulieres avoient appris à penser. Ils avoient d'abord réflechi, & après avoir fait leur fond de reflexion, ils s'en sont rapportés à leur cœur pour exprimer d'une façon plus pathétique les perceptions de leur esprit. Je conviens que la chaleur est d'un grand prix dans un ouvrage ; on n'arrive gueres à l'Esprit que par le cœur : cependant (j'oserai être aussi hardi que l'Auteur) que l'on me donne un livre rempli des pensées les plus justes, des vûës les plus saines & les plus étenduës ; si les tours ne m'échauffent, au défaut des tours je m'échaufferai des idées, qui par leur liaison portent une autre sorte de chaleur en ce qu'elles nous attachent & nous remuent ; car l'un est bien-tôt la suite de l'autre, il ne s'agit que de donner à l'esprit un interêt continu, le cœur en prend bien-tôt sa part.

Nous sommes arrivés aux petits Poëmes. Sçavez-vous bien une chofe ? c'eft que les petits Poëmes valent bien les grands. L'Auteur aime bien autant les petits Poëmes, incapable de fe laiffer féduire par la nobleffe & par l'importance des grands. Et la raifon de cette prédilection, c'eft que les rapports font plus ferrés dans les petits Poëmes, plus voifins les uns des autres, & moins marqués ; ce qui demande une plus grande exactitude dans le Poëte ; mais ne faut-il pas plus de force de genie & plus d'étenduë de connoiffance dans les grands Poëmes ? Les rapports y font plus éloignez ; mais ils font en plus grand nombre, & plus difficiles à combiner.

Le Sonnet femble avoir fur les autres petits Poëmes un air de fupériorité par l'exactitude avec laquelle doivent être faits les quatorze vers qui le compofent : avec de l'élégance que l'on a la cruauté d'y vouloir continuë, on exige encore que le Sonnet foit vif & naturel. Voyez par exemple le Sonnet que Sarrazin a fait fur la premiere femme, il femble, dit l'Auteur, que Sarrazin n'ait point fongé à faire un Sonnet ; que ce Sonnet fe foit fait tout feul, tant il a de douceur, de facilité, de naturel, & c'eſt là ce qui fait ſa beauté; & vous n'auriez pas deviné que le Sonnet de Sarrazin reſſemble à *Mademoiſelle Camargo*; comme elle il eſt gêné & ne paroît pas l'être.

Le Rondeau pourroit bien nous plaire par le même endroit; ne trouvez-vous pas qu'il a auſſi un peu de l'air de Mademoiſelle Camargo? Les refrains, quand ils ſont placés, quelle grace n'y produiſent-ils pas? Combien ils deviennent piquans! vous y voyez des termes preſque les mêmes s'ajuſter à des idées différentes, comme s'ils étoient faits pour chacune d'elles.

Ce ſont les refrains qui nous font encore aimer la Ballade & les Triolets: ces refrains que nous admirons tant, *ce ſont, pour ainſi dire, des tours de force,* dit l'Auteur, *qui nous font plaiſir à voir, parce qu'ils ſont faits avec grace.*

Voici d'autres petits Poëmes qui n'ont que la gêne ordinaire des vers, ſans avoir celle des refrains: le plus conſidérable de ceux-ci c'eſt l'Epigramme; ſon agrément conſiſte dans la furprife qu'elle nous caufe ; elle eft fufceptible de toute forte de fujets, mais la plus prétieufe pour nous eft celle qui réveille notre malignité ; celles qui plaifent le plus à l'Auteur, ce font les plus naïves. Le naïf nous étonne, il paroit n'avoir pas coûté, & il bleffe plus dangereufement parce qu'il n'a point l'air de la colere.

Le Madrigal ne differe guere de l'Epigramme ; cependant, comme le Madrigal eft dicté par la tendreffe, il devroit être le pur ouvrage du cœur. L'Auteur voudroit qu'on lui donnât une jufte étenduë, parce que d'y trop preffer les idées leur ôte la grace & la douceur.

Les Stances font encore un genre à part ; mais l'écueïl nous eft indiqué : c'eft la monotonie. Nous voulons de la varieté en fait de Poëfie, & nous nous lafferions du beau, qui feroit toûjours de la même efpece.

Les Cantates ne plaifent à l'Auteur qu'autant qu'elles font parées des graces que la Mufique leur prête pour les embellir : il ne fçauroit les fouffrrr autrement, & ne peut pas leur pardonner les interruptions. Rien ne l'impa-

tiente plus qu'un recit qu'on lui coûpe dans le vif, & ce tour on le lui joüë, fans mifericorde trois fois dans la Can-tate.

A l'occafion des petits Poëmes, l'Auteur parle des vers Marotiques, ils font plus commodes à caufe de la liberté de conftruction dans les phrafes & de la fuppreffion des articles : ils plaifent parce qu'ils font naïfs ; mais il faudroit qu'on fe contentât d'imiter la naïveté de Marot, fans copier fes expreffions ; qu'il fût permis de les appeller, & qu'on ne fût pas obligé de s'en fervir. Mais pour lors, dira-t-on à l'Auteur, ce ne feront plus des vers Marotiques. Soyez fûr de le contenter, pourvû que vous lui en donniez de naïfs ; peignez toûjours vivement, & on vous permettra même le ftyle familier.

Après vous avoir entretenu des grandes regles, on va vous développer les caufes de la corruption du goût. Ce que vous ne fçaviez pas, il faut vous l'apprendre. Le Goût fe corrompt aujourd'hui, la preuve de ce que l'Auteur avance, va s'établir par trois lettres de fa façon ; en voici l'hiftoire.

Les Romains ne furent d'abord que des brigans , pleins d'une férocité qui n'eſt guére propre à conduire à la perfection du goût ; ils acquirent des richeſſes qui produiſirent le luxe , & de ce luxe ſortit le bon goût. Paſſez-nous la fauſſeté de cette penſée ; car l'Auteur ſe retracte environ vingt lignes après, & dit que le trop de luxe a gâté le goût. Pour parler plus exacte-ment , nous dirons que le luxe a gâté le goût dès qu'il a parû, parce que le luxe n'eſt qu'affeterie , & il faut bien prendre garde de confondre le luxe avec le goût des commodités , & avec l'extérieur ſéant des différentes con-ditions.

Les Romains perdirent en même-tems, & le courage , & le bon goût. Ils furent attaqués par des barbares qui les ſubjuguerent. Toute l'Europe ſe reſſentit de leur defaite , & les Gau-les comme les autres Etats. L'igno-rance regna ſur la terre , & en puri-fiant l'eſprit *comme une eſpece de grand reméde* , le diſpoſa à prendre les bon-nes impreſſions. Quoiqu'il en ſoit , car cette derniere idée eſt de M. R. D. S. M. & je ne la lui envie point , le re-

gne de François I. rendit aux Lettres
& aux Arts leur premier luſtre.

On eut recours aux Auteurs Grecs
& Romains ; & avant tout , on étudia
les Langues, dont l'intelligence con-
duiſit aux ſources pures , à l'intelligence des bons Livres. Ce fut là où
on puiſa le goût *que l'on auroit trouvé
dans ſon cœur ; mais que l'on y auroit
trouvé plus lentement* , ſi tant eſt qu'on
l'y eût trouvé. Vinrent les Saumaiſes
les Scaligers qui s'attacherent à nous
développer les graces des anciens, &
qui firent ſans doute beaucoup mieux
que s'ils ſe fuſſent donnés eux-mêmes
pour Auteurs. Enfin parut le fiéclo
de Louis XIV. ſi fecond en grands
Hommes ; vous euſſiez dit que tous
les Eſprits s'étoient donné le mot pour
briller tous enſemble ; il en vint de
tous les genres, Poëtes, Orateurs ,
Hiſtoriens , Philoſophes. Il nous vint
ſur-tout un homme dont nous avions
grand beſoin , qui apporta dans le rai-
ſonnement une méthode inconnuë juſqu'à lui. Vous ſçavez déjà ſon nom,
c'eſt Deſcartes. Il répandit dans les
Sciences un eſprit de Géométrie , qui
ſervit même aux ouvrages d'agrément.

Mais *il falloit nous contenter de la fleur de précision*, à ce que dit l'Auteur , *& ne pas tant nous piquer d'exactitude.* *Imaginez-vous des substances pensantes, qui renoncent à sentir ; voilà ce que nous sommes devenus*, du moins nous attirons-nous ce reproche de la part de l'Auteur. *Nous sommes fiers parce que nous sçavons poser un principe & en tirer une foule de conséquences.* On va rabattre de notre orguëil, ce n'est point là ce qu'il faut appeller précision ; la précision, si nous en croyons l'Auteur, *c'est le beau mélange des qualités de l'esprit.* Vengeons-nous de l'Auteur, prenons la liberté de ne le pas croire. La précision est dans les idées , & ce n'est que figurement qu'on en a reconnu dans les graces & dans ce qu'on appelle les convenances ; encore ne leur en attribuë-t-on que parce qu'elles sont le fruit des idées précises que l'on a sur ce point ; il suffit d'être Philosophe pour avoir de la précision, je n'entens pas philosophe de collége, j'entens Philosophe d'esprit & de lumieres ; & pour avoir un juste mélange des qualités de l'esprit , il faut être un gé-

nie heureux : par exemple un Malle-
branche, qui de l'aveu de l'Auteur étoit
Poëte, Orateur & Philofophe.

Venons à la feconde lettre, c'eft
le chef-d'œuvre de l'Auteur : voyez-
le triompher. Il vous donne d'abord
un confeil, qui eft de vous tenir en
garde contre la gloire ; c'eft elle à la
verité qui nous anime & qui donne
à notre ame le reffort néceffaire pour
opérer les grandes chofes. C'eft cette
gloire qui a mis les Ecrivains du fiécle paffé en état d'égaler les Grecs
& les Romains ; mais auffi c'eft cette
gloire qui nous a perdus, & il nous
eft arrivé précifement ce qui eft arrivé aux Romains. Les écrivains du
fiécle d'Augufte, ce font les écrivains
du fiécle de Louis XIV. & les Fontenelle & les la Motte des Romains,
c'étoient Ovide & Seneque : vous
voyez que l'Auteur a voulu briller
par des rapports. Après les grands
Hommes qui avoient honoré le fiécle
d'Augufte, il falloit, fi l'on vouloit fe
diftinguer, chercher une route nou-
velle, & y amener les autres. Il falloit de plus un fond de génie pour
fubjuguer les hommes, & pour les at-

tirer vers le faux avec l'appas du vrai ;
je paſſe ce que l'Auteur dit de Seneque & d'Ovide , ſon but eſt principalement d'en venir à notre ſiécle.

Repréſentez-vous *un jeune homme
qui entre dans la carriere de l'eſprit
avec le deſſein formé de corrompre le
goût.* Reconnoiſſez - vous là M. de
Fontenelle. Il faut pourtant vous prêter à la fiction. Quel dommage ! (c'eſt
une plainte de l'Auteur) M. de Fontenelle avoit tous les talens propres à
le faire réüſſir ; il étoit Poëte, Philo-
ſophe , il avoit de la délicateſſe, de
l'étenduë dans l'eſprit , il étoit capable de ſaiſir les premiers principes , &
de nous y conduire par le chemin le
plus court. L'horrible défaut qu'il a
de commander à ſon imagination ! de là
il arrive *qu'il manque de chaleur* : Je
voudrois bien demander à l'Auteur
ce que c'eſt que chaleur. Il me ſem-
ble voir un jeune écolier, à qui l'on
dit : Ah qu'il eſt vif! & qui met exprès
de la vivacité dans ſes manieres , au
lieu d'en mettre dans ſes reparties.
C'eſt dans le pur extérieur, dans la
diction que M. R. D. S. M. cherche
la chaleur. Si vous lui ôtez l'entaſſe-

ment des figures, la fougue de l'expreffion, il ne trouve plus de chaleur dans vos écrits ; ils n'ont plus
cet air de vie qui les fera paffer à la
Poftérité. Mais le fçait-il ce que c'eft
que l'ame des bons ouvrages, l'efprit
de vie, la chaleur ? le voici, je penfe.
C'eft un air conféquent & naïf ; que
l'écrivain foit renfermé dans une plus
grande ou dans une moindre fphere
d'idées, fi je le vois conféquent à lui-
même m'entretenir du ton de l'homme vraïement pénétré, fans jamais
perdre le fil de fes conféquences :
voilà ce que j'appelle de la chaleur,
& non pas ces apoftrophes vuides de
fens, dans lefquelles on évoque les
Manes & la Nature entiere pour dire
des chofes très-communes, ce qui s'appelle en bon François ouvrir une grande bouche pour ne rien dire.

Un autre reproche que l'Auteur
fait à M. de Fontenelle, c'eft de ré-
pandre trop d'agrément dans fes ouvrages. Encore ici M. R. D. S. M.
péche par de fauffes idées. M. de Fontenelle, *au lieu de prendre le ton des*
matieres, fait prendre fon ton aux ma-
tieres ; il eft badin, dit l'Auteur, *dans*

des

des differtations géometriques, & dans des éloges funebres. Chacun part de certains principes, l'Auteur a le cœur tendre, & voudroit que dans ses éloges M. de Fontenelle exhalât sa douleur & se répandit en plaintes. Si l'Auteur y prend garde, le but des éloges qui se font à l'Académie des Sciences, n'est pas de faire fondre l'auditoire en larmes. M. de Fontenelle n'y fait pas les fonctions d'Orateur évangelique, mais seulement d'Historien fidéle, qui rend compte au public du caractére de la personne enlevée à l'Académie, du merite de ses ouvrages, il ne touche les vertus qu'autant qu'elles entrent dans l'ordre des faits. Ce qu'il a à repréfenter, c'est l'homme de Lettres, c'est le sçavant : ce dont il a à parler, c'est des services qu'a rendus au Public ce sçavant, cet homme de Lettres. Dans ce point de vûë, à quoi doit viser M. de Fontenelle ? à dire les choses de la façon la plus convenable & la plus précise, qui devient par là même le plus souvent la plus brillante.

Quant aux matieres géometriques, elles n'ont point de ton qui leur soit

F

propre ; autrement il n'y faudroit parler que de lignes & de cercles. On peut tranſporter à la Géometrie tous les termes qui lui ſont les plus étrangers, toutes les fois qu'il s'agit de rendre ſes opérations plus palpables & plus ſenſibles. En un mot, qu'eſt-ce qui jette de l'agrément dans un ouvrage ? c'eſt le tour dont une verité eſt renduë, tout ſe reduit là. Il s'agit de me préſenter un objet, on me le préſente d'un certain côté, dans une certaine diſtance, avec de certaines couleurs ; voilà ce que j'appelle agrément : tout ceci eſt infiniment arbitraire, d'autant plus arbitraire que juſqu'ici on a défini la beauté, ſans pouvoir définir les graces. Peut-être le mot d'agrément eſt-il un mot très-frivole. Tout agrément à part, l'Auteur connoît-il un écrivain plus ſolide, un écrivain qui réüniſſe plus de connoiſſances differentes, & qui en tire un meilleur parti que M. de Fontenelle ? En un mot où eſt celui qui joint plus de lumiéres à plus de graces ? quelqu'effort que prenne M. de Fontenelle, on ne le voit point perdre haleine. Nous l'avons vû

s'élever en toute forte de fciences ,
aux verités les plus fublimes par les
abftractions les plus fortes ; & après
les méditations les plus profondes il
revient encore nous parler notre lan-
gue : celle des fens. Avec lui feul nous
pouvons devenir des Philofophes.
Nous le trouvons toûjours fi fupe-
rieur aux matieres que nous le deve-
nons en quelque façon par fon com-
merce.

Le mérite & la réputation de M.
de Fontenelle l'ont rendu le modele
de plufieurs Auteurs qui ont échoüé
comme ont fait les imitateurs dans
tous les tems. Ce reproche d'être
mauvais copifte ne fçauroit tomber fur M. de la Motte. Auffi l'Auteur ne le lui fait-il pas ; mais en revan-
che il le traite avec la plus grande
injuftice. Qu'eft-ce , par exemple , que
de dire de M. de la Motte *qu'il avoit
quelque forte d'efprit ?* Les ennemis de
M. de la Motte lui rendoient fur ce
point plus de juftice. C'étoit un efprit
du premier ordre , capable de réuffir
dans chaque genre , ou auffi-bien, ou
prefque auffi-bien que l'Ecrivain du
genre qui en avoit le talent déclaré ;

F ij

qui pouvoit parfaitement triómpher de l'envie en se renfermant dans une sphere unique. Bien supérieur par les lumieres aux Ecrivains d'un genre qui n'y réussissent le plus souvent que parce qu'ils se font continuellement portez vers le même objet, & parce que peut-être la Nature leur a dérobé la vûë de tout le reste, M. de la Motte par des vûës étenduës étoit capable de trouver l'Art des genres les plus oppofés. Il sentoit par l'esprit ce que les autres n'apprennent que par l'usage.

N'est-ce pas encore un autre injustice que de refuser à M. de la Motte le goût. Si M. R. D. S. M. disoit que M. de la Motte n'avoit pas à proportion autant de goût que d'esprit, la proposition seroit plus pardonnable ; mais le goût est-ce autre chose que la connoissance des convenances ? & n'est-ce pas autant par la finesse de son goût que par la beauté de son esprit que M. de la Motte s'exerçoit avec tant d'avantage dans tous les genres ?

Pour venger M. de la Motte & M. de Fontenelle des reproches que leur fait l'Auteur, il ne faut qu'inviter ceux qui ont essuyé les réflexions du Criti-

que moderne à relire les ouvrages de
M. de Fontenelle & ceux de M. de la
Motte, & pour lors la lecture de l'ouvrage de notre Auteur leur aura beaucoup profité.

Je trouve très-fondé le reproche
que M. R. D. S. M. fait aux Auteurs
dans sa troisième Lettre de s'occuper
plus du soin de leur fortune que du
progrès de leur Art & de l'usage de
leur talent. Je suis, &c.

TROISIEME LETTRE

Au même.

LE Mercure du mois d'Avril, Monsieur, vient de me tomber entre
les mains ; il contient une Lettre qui
répond à la premiere, que je vous ai
écrite, au sujet du Livre de M. R. D.
S. M. J'étois curieux de sçavoir si
l'Auteur des Réflexions avoit des par-
tisans. Il s'en présente un, & cet un,
c'est l'Auteur de la Lettre en question.
J'ai lû & relû cette Lettre attentivement, & je ne sçais pas encore si elle
est sérieuse, ou si elle est faite seulement pour m'agacer.

On me reproche d'avoir distingué
dans l'impression ce qui est de M. R.
D. S. M. d'avec ce qui est de moi.
C'est une injustice énorme, jusqu'ici inconnuë dans le pays des Lettres que de
marquer par des caracteres italiques les
passages d'un Auteur. Je l'ai peut-être
fait par humilité, & parce que je n'ai
pas voulu partager avec l'Auteur des
Réflexions, les éloges que méritent

quelques-unes de ses pensées, quelques-unes de ses expressions.

On trouve M. R. D. S. M. fort heureux de ce que je n'ai pas goûté son ouvrage. Qu'est-ce que j'ai voulu dire ? On ne le sçait pas. Ce n'est peut-être pas ma faute ; car j'ai vû plusieurs personnes qui m'entendoient. Vous, Monsieur, vous ne m'avez pas reproché le défaut de clarté. Voulez-vous sçavoir pourquoi l'on ne m'entend pas ? C'est qu'on veut placer un vieux bon mot : on dit en parlant de ma Lettre ; *c'est trop peu pour un éloge, ce n'est pas assez pour une critique.* Ce trait est brillant, & seroit juste s'il caractérisoit ma Lettre ; mais malheureusement pour le bon mot, il n'y a ni *du trop peu*, ni *du pas assez* ; car je n'ai voulu faire ni un éloge ni une critique. L'Auteur de la Réfutation dit que mes Ironies sont mauvaises, & je n'ai point cherché à faire des Ironies. Je suis à peu près comme le Bourgeois Gentilhomme de Moliere qui faisoit de la prose sans le sçavoir : j'aurai fait des Ironies sans m'en appercevoir. Je n'ai pourtant cherché qu'à exposer le précis de l'ouvrage, je me suis reposé sur ce précis de l'impression qu'il pouvoit faire.

Je n'en ai point affez dit dans ma premiere Lettre, j'ai fait entrevoir mon fentiment. L'Auteur de la Réfutation veut que je le développe davantage. Il me reproche d'avoir afforti le ferieux avec le badin ; d'avoir chargé l'Auteur des Réflexions de cet affortiment. Je crois que ce que je rapporte n'a pas beaucoup plus de mérite à fa place dans l'ouvrage, que détaché comme je le prends ; mais il y a plus, c'eft que certaines badineries ne valent rien nulle part. Eft-il quelque ouvrage où il foit permis de dire comme fait l'Auteur des Réflexions, *vous me féduiriez avec le murmure d'une fontaine.* Pour qui prend-il fon Lecteur ? Le bel avis à donner au Public : M. R. D. S. M. diftribuë fes faveurs au bord des fontaines.

Il n'eft pas plus heureux lorfque pour toute raifon de fon dégoût pour l'Elegie, il dit qu'*il eft bien aife que tout le monde vive, & qu'il n'a pas la moindre envie de mourir ;* c'eft là l'unique raifon qu'il donne ; fi c'eft pour plaifanter, je l'ignore : je ne le fçavois pas fi plaifant, je le trouvois fuperficiel.

Et quand il préfére un Sonnet à
quatre

quatre Tragédies, il n'eſt pas plus ſen-
ſé. J'entens bien que ſi on le ſuit, il ſe
réforme en ne donnant la préférence
qu'à un bon Sonnet & ſur quatre Tragédies médiocres. Qui en doute ? Il
ne dit qu'une choſe très-ordinaire, &
ſi c'étoit un bon Sonnet qu'il aimât
mieux que quatre bonnes Tragédies,
ſon goût ſeroit ſingulier & ne ſeroit pas
raiſonnable. Je ne ſçais pas ſi l'habitude de compoſer des paradoxes aura
rendu ſupportables dans le corps de
l'ouvrage des traits qui pris ſéparément
n'annoncent pas à beaucoup près un
homme d'eſprit tel que l'Auteur des
Réflexions.

Un ſecond reproche que me fait l'a-
mi de M. R. D. S. M. c'eſt que je n'en-
tends pas les principes de cet Auteur.
Selon lui j'ai tort de repréſenter M. R.
D. S. M. comme tout dévoüé au ſentiment. N'eſt-ce pas ſe déclarer que de
dire, comme il fait, *que l'on trouva (à
la renaiſſance des Lettres) dans les Livres Grecs & Latins, le bon goût que
l'on auroit trouvé dans ſon cœur ; que de
dire, que Quinault, que la Fontaine,
que Madame Deshoulieres n'ont pas pui-
ſé dans leur eſprit, mais dans leur cœur,*

G

la moële délicieufe qui les a rendu char-
mans ? N'eft-ce pas encore avoir une
grande prédilection pour le fentiment
que de fe plaindre aufſi amerement
que fait M. R. D. S. M. de ce que
nous avons facrifié fi legerement au
petit honneur de penfer, le plaifir de
fentir. Si de toutes ces penfées l'Auteur de la Réfutation n'en tire pas la
même conféquence que moy , je ne
monterai pas en chaire pour l'endoctri-
ner.

Vous fentez bien qu'il n'a voulu que
me faire parler. Le troifiéme reproche
qu'il me fait n'eft pas plus férieux que
les deux autres : j'ai trouvé que le ftyle de M. R. D. S. M. n'étoit pas naturel ; mais on me fait fouvenir que j'é-
tois prévenu. Je ne l'ai dit qu'après le
Public, & les Lecteurs fe font trom-
pés : voici comment. Les Idées de M.
R. D. S. M. font fines & ferrées & cependant parées ; le Lecteur qui ne les
entend pas croit que c'eft l'effet du ftyle, point du tout : c'eft l'effet des idées.
Je fuis complaifant. Je me rends à cet-
raifon. Je mettois la faute fur le compte
du ftyle , c'eft fur le compte des idées
qu'il la faut mettre ; & il fe peut bien

faire que ce foit autant l'un que l'autre.

C'eft un malheur pour M. R. D. S. M. de trouver des Lecteurs groffiers, qui ne veulent pas entendre à demi mot; les chofes recherchées ne font point faites pour eux. C'eft le Public qui a tort, j'en conviens ; il ne veut pas même acheter le livre : je le punirois bien, je ne lui en donnerois jamais de femblable.

Par là on feroit à l'abri des critiques & des prétenduës apologies quelquefois plus mordantes que les Satyres. M. R. D. S. M. n'eft pas mieux fervi par fes amis que par fes ennemis. On lui aura lû la Réfutation dont je vous parle, il en aura été la dupe ; il n'aura pas reconnu la Parodie de fon ftyle dans cet endroit-ci : *Une des grandes attentions de M. R. D. S. M. autant que j'ai pû le remarquer, eft d'être ferré fans en avoir l'air; il arrive de là qu'en certains cas le Lecteur peine : & comme ce qui le peine eft quelquefois couvert de fleurs affaifonnées de graces, il n'ofe s'en prendre à l'idée qu'il voit ainfi embellie. Il ne fonge pas que l'idée pour être ainfi parée, n'en eft fouvent que plus fine & plus déliée ; que* d'ailleurs cette idée étant ferrée, fon rapport avec les autres idées n'eft pas affez prononcé pour lui, qu'on a trop compté fur fa pénétration ; & alors le petit embarras qu'il éprouve n'étant pas bien analifé dans fon efprit non plus que ce qui le caufe, il n'y fçait que dire que l'Auteur n'eft pas naturel ; il s'en prend à fon ftyle, au lieu de s'en prendre à l'idée, qui, avec le défaut d'être fine, a quelquefois celui de n'être pas affez épaiffie & affez étendue pour la petiteffe de fon intelligence.

N'en déplaife au Parodifte, je crois pouvoir deffendre à mon tour, mais plus férieufement, M. R. D. S. M. il n'eft pas tout-à-fait fi obfcur que fon ami. Car que veulent dire *des fleurs affaifonnées de graces, un rapport d'une idée avec une autre qui n'eft point affez prononcé, un embarras qui n'eft pas bien analizé, des idées qui ne font pas affez épaiffies.* Je vois bien que l'Auteur a un peu chargé la dofe, & avec toute fon attention fon ouvrage eft l'Enigme du Mercure : pour me fervir de fon expreffion, je ne fçais pas fi chez lui l'Ironie eft affez *prononcée.* Tout ce que je fçais, c'eft que cette Parodie fait ma juſtification, & répond à tous les reproches de mauvaiſe foi que l'on me fait. Si j'attaque, c'eſt ouvertement; je ne détruis pas mon ami, ſous prétexte de le deffendre. Je ſuis, &c.

APPROBATION.

J'Ay lû par ordre de Monseigneur le Garde des Sceaux un Manuscrit au sujet d'un Livre intitulé : *Réflexions sur la Poësie en général, sur l'Eglogue, sur la Fable, sur l'Elegie, sur la Satyre, sur l'Ode, & sur les autres petits Poëmes*, & je n'y ai rien trouvé qui en puisse empêcher l'impression. A Paris ce 15. May 1734.

LA SERRE.

PERMISSION DU ROY.

LOUIS, par la grace de Dieu, Roi de France & de Navarre : A nos amez & feaux Conseillers, les Gens tenans nos Cours de Parlement, Maîtres des Requêtes ordinaires de notre Hôtel, Grand Conseil, Prevôt de Paris, Baillifs, Sénéchaux, leurs Lieutenans Civils, & autres nos Justiciers qu'il appartiendra SALUT. Notre bien amé Le Sieur N***. Nous ayant fait supplier de lui accorder nos Lettres de Permission pour l'impression d'un Ouvrage qui a pour titre : *Lettres à M…. au sujet d'un Livre intitulé Réflexions sur la Poësie en général, sur l'Eglogue, sur la Fable, sur l'Elegie, sur la Satyre, sur l'Ode, & sur les autres petits Poëmes :* offrant pour cet effet de le faire imprimer en bon papier & beaux caracteres suivant la feuille imprimée & attachée pour modele sous le contreséel des Presentes: Nous lui avons permis & permettons par ces Presentes, de faire imprimer ledit Ouvrage cy-dessus specifié conjointement ou separement, & autant de fois que bon lui semblera, & de le faire vendre & debiter par tout notre

Roïaume ; pendant le temps de trois années confecutives, à compter du jour de la date defdites Prefentes : Faifons défenfes à tous Libraires & Imprimeur, & autres perfonnes des quelque qualité & condition qu'elles foient, d'en introduire d'impreffion étrangere dans aucun lieu de notre obéïffance : à la charge que ces Prefentes feront enregiftrées tout au long fur le Regiftre de la Communauté des Imprimeurs & Libraires de Paris, dans trois mois de la date d'icelles ; que l'impreffion de cet ouvrage fera faite dans notre Roïaume, & non ailleurs ; & que l'Impetrant fe conformera en tout aux Reglemens de la Librairie, & notament à celui du 10. Avril 1725. & qu'avant que de l'expofer en vente, le Manufcrit ou Imprimé qui aura fervi de copie à l'impreffion dudit Ouvrage fera remis dans le même etat où l'approbation y aura été donnée ès mains de notre très cher & féal Chevalier Garde des Sceaux de France le Sieur Chauvelin ; & qu'il en fera enfuite remis deux exemplaires dans notre Bibliotheque publique, un dans celle de notre Château du Louvre, & un dans celle de notre trèscher & feal Chevalier Chancelier de France, le Sieur Chauvelin : le tout à peine de nullité des Prefentes : Du contenu defquelles vous mandons & enjoignons de faire joüir ledit Sieur Expofant ou fes aïans caufes, pleinement & paifiblement, fans fouffrir qu'il leur foit fait aucun trouble ou empêchement. Voulons qu'à la copie defdites Prefentes, qui fera imprimée tout au long aucommencement ou à la fin dudit Ouvrage, foi foit ajoûtée comme à l'Original. Commandons au premier notre Huiffier ou Sergent, de faire pour l'execution d'icelles, tous actes requis & neceffaires, fans demander autre permiffion, & nonobftant clameur de Haro,

Chartre-Normande, & Lettres à ce contraires;
CAR tel est notre plaisir. Donné à Paris le 19.
jour de May, l'an de grace 1734. & de notre Regne le dix-neuvième. Par le Roi en
son Conseil. *Signé*, SAINSON. *avec Paraphe.*

*Regiſtré ſur le Regiſtre VIII. de la Chambre Royale
& Syndicale de la Librairie & Imprimerie de Paris
N°. 706. pag. 705. conformément au Reglement de
1723. Qui fait defenſes Art. 4. à toutes perſonnes de
quelque qualité qu'elles ſoient, autres que les Libraires
& Imprimeurs de vendre, debiter & faire afficher au-
cuns Livres pour les vendre en leurs noms, ſoit qu'ils s'en
diſent les auteurs ou autrement : & à la charge de
fournir les Exemplaires preſcrits par l'article CVIII.
du même Reglement. A Paris le 22. May 1734.*
Signé, G. MARTIN, Syndic.

www.ingramcontent.com/pod-product-compliance
Lightning Source LLC
Chambersburg PA
CBHW070812260626
47161CB00006B/2260